走出来的风景

秦兴 著

中国民族文化出版社
北京

图书在版编目（CIP）数据

走出来的风景 / 秦兴著 . — 北京：中国民族文化出版社有限公司，2020.7

ISBN 978-7-5122-1367-8

Ⅰ.①走… Ⅱ.①秦… Ⅲ.①诗集—中国—当代 Ⅳ.①I227

中国版本图书馆 CIP 数据核字 (2020) 第 100579 号

走出来的风景

作　　者	秦　兴
责任编辑	王　华
责任校对	张嘉林
出 版 者	中国民族文化出版社　地址：北京市东城区和平里北街14号
	邮编：100013　联系电话：010-84250639　64211754（传真）
印　　装	天津雅泽印刷有限公司
开　　本	170mm×240mm　16开
印　　张	14
字　　数	60千
版　　次	2020年7月第1版第1次印刷
标准书号	ISBN978-7-5122-1367-8
定　　价	65.00元

版权所有　侵权必究

作者简介

秦兴，男，1960年生，山西省壶关县人。高级教师，从事教育教学、教育科研、教育管理37年。发表教研文章60余篇。著有《拓扑行走的脚印》《借一首曲子放歌》《挂在树上的果子》。所著图书曾获全国优秀教育图书一等奖，科研成果获长治市科技成果一等奖，本人获"全国优秀教师"称号。

内容简介

本书收录的100余首诗歌，为作者生活中遇景生情、有感而发之作，抒发了他对生活、工作、家乡的热爱。作者将自己丰富的情感融于文字之中，用诗歌表情达意，记录人生这条路上的"美好风景"。

序

  时光在不经意间流逝。

  在我出版《借一首曲子放歌》（诗集·2016年8月）之后，一晃便已三年多了。原本想画上一个句号，过几天白开水似的生活，闲淡余生。谁知道禀性难移、性情难变、习惯难改、爱好难丢，对工作和生活中的感悟、感想、感慨、感知的随兴之作不知不觉中又积累了200余首（篇）。每当翻开这些旧日的痕迹，我就会嗅到浓浓的生活气息和泥土芳香，字里行间充满着深情厚意。

  这些作品都源于工作和生活，都出于自己的真情实感。它是我时空的记录，是我生活的翻译，也是我心灵的升华，更是我人生路上的一道道风景。也正是这些风景，丰富着我的人生意义，让我有许多值得回味、咀嚼和自我欣赏的东西。为此，也就有了这本诗集和大家见面。

在相同的时光里只有不相同的自己

  时光对于每一个人来说都是一样的，而且是绝对公平的，但每个人对生活的感悟、在生活中的收获以及对生活的意义和价值的理解却是不一样的。不同的认识、不同的视角、不同的情怀、不同的态度，都会留下不同的印记。

  2016年8月19日，我有幸走进了初中时候的校园，整个校园布局依旧，但满目荒凉，没有过去校园的情景，令我顿生感慨，于是就写下了"人去楼空多寂静/不闻当年读书声"的诗句。

  2017年3月4日，相处几十年的同村老兄因病去世，使我有一种失落和孤独之感，于是就写下了"上苍可知离别苦/悲歌一曲撼破天"的诗句，来表达自己的哀悼之情。

2017年6月3日，和朋友一起游览了平顺县张家凹。走进大山，走进清静，走进农家，那种突然释放自己的感觉，有一种说不出的轻松，于是就写下了"甘泉一杯品不尽/唯有山间才是我"的诗句。

我不想在自己的人生路上跑一趟空车

每个人的人生路上都会有很多风景，会有许许多多的经历和收获，会有许多值得留恋和记载的精彩镜头和美好片段。所以，文字就是我记录生活的工具和载体，用文字留住瞬间、留住精彩、留住感悟，是我的人生不虚此行的方式。

2017年8月20日，一次朋友相聚座谈聊天，在聊到兴奋之时就产生了灵感，便写下了"一盘小菜一壶酒/吟诗作对醉方休/常人只说诗情好/哪知诗中喜和忧"的诗句。

2017年12月9日，踏雪走进自己的家乡壶关县大峡谷，许多美景摄入眼帘，赞家乡之美、爱乡之情油然而生，感慨之余，写下了"门前自有仙境在/何苦千里寻他乡"的诗句。

2018年3月5日，和我的学生一同走访黎城霞庄，目睹了一个北魏时期就存在而且曾经几度辉煌的村庄，如今却残垣断壁，留下一些空巢老人，有一种凄凉之感，于是就写下了"曾经的曾经的曾经/都已经灰飞烟灭/所谓永远的永远/那只是一个传说"的诗句。

让自己的思绪在行走的过程中飞扬

回归自然，走近自然，在大自然中陶冶情操，是我多年的坚持。大自然养育了我，我则用相机记录大自然的美，用诗歌表达对大自然的热爱，用情感来回报大自然的恩情。在人与自然的和谐中寻找属于自己的那一份灵性，在行走大自然的过程中解开自己思想中的结与谜，在感悟中获得大自然的造化。

2017年9月10日，随国家教育行政学院的教育考察团赴山东潍坊学习，被山东厚重的教育文化底蕴所触动，于是就写下了"齐鲁大地峡山下／潍水泽润养文化"的诗句。

2018年10月10日，第二次走进黎城的四方山欣赏红叶，漫山遍野的黄栌，就像一块红地毯把整个四方山覆盖了起来，火一样的四方山吸引了众多游客。于是，我就写下了"远看坡坡秋叶红／近看叶叶百媚生／各有姿色如花开／一妆红颜待君宠"的诗句。

2019年3月10日，和同学一同走访了山西壶关鹅屋乡的黄崖底村，一个行政村72个自然村，分布在沟沟坳坳。这里的山、这里的水，展示了太行山的雄奇，于是我就写下了"千山竞险峰竞秀／万沟竞深径竞幽／树木竞荣花竞艳／湖水竞清鱼竞游"的诗句。

以上这么多话语，也很难把自己的感受和收获一一表达出来，只是想给读者提供一个话头，引领大家走进此书，和我一同分享这些生活道路上的风景。

由于水平有限，书中难免有不当之处，有些地方恐怕不完全符合诗歌的要求，敬请读者谅解并斧正。

2019年9月于长治学院家中

| 目 录 |

走进故校园	/ 001
中秋感怀（一）	/ 002
走进高端	/ 003
写在重阳	/ 005
无题（一）	/ 006
陌生来客	/ 007
探访乐读	/ 008
老牛精神	/ 009
凋零的山村	/ 010
这个冬天不冷	/ 011
年	/ 012
悼仁兄	/ 013
连翘花开	/ 014
不速之客	/ 015
参观中国美术馆	/ 016
走进运城	/ 017
端午随记（一）	/ 018
访平顺张家凹	/ 019

漳泽湖中垂钓人	/ 020
路堵	/ 021
江城子·赤峰行	/ 022
赤峰印记	/ 023
知了	/ 024
无题（二）	/ 025
登虎头山	/ 026
快的生活	/ 027
江城子·"国培"有感	/ 028
潍坊印象	/ 029
中秋感怀（二）	/ 030
闻雨知时	/ 031
柿叶对柿子的情意	/ 032
美丽的四方山	/ 033
银杏树下	/ 035
芦草	/ 037
水饺	/ 038
忆江南·家乡好	/ 039
峡谷美	/ 040
雪夜	/ 041
访荫城古镇	/ 042
佛	/ 043
踏雪采风	/ 044
竹子赋	/ 045
摄影人	/ 046

无题（三）	/ 048
感叹霞庄	/ 049
四进洗耳河	/ 052
浊漳河畔的恩爱	/ 053
仁人桥	/ 054
冷暖无常	/ 055
故地重行	/ 057
逛洛阳老城	/ 060
走进东掌	/ 062
北京植物园赏花有感	/ 063
醉西湖	/ 064
游杭州云栖竹径有感	/ 065
银环与朝阳沟	/ 066
六一·忆童年	/ 067
端午随记（二）	/ 068
无题（四）	/ 069
荷花赞	/ 070
废墟之辱	/ 071
稻草牛	/ 072
苇草	/ 073
打铁	/ 074
重坐绿皮火车	/ 075
游平顺通天峡	/ 076
游杭州西溪湿地	/ 077
游十泉岭张家大院	/ 078

夜宿马圪当	/ 079
登黄围山	/ 080
美秋	/ 081
旅途观日落有感	/ 083
五进洗耳河	/ 084
四方山的红叶	/ 085
游太行峡谷	/ 086
崖之柏	/ 087
秋登北京奥林匹克塔	/ 088
品行扬黎侯　功名流千古	/ 090
颐和园随记	/ 095
漫步什刹海	/ 096
无题（六）	/ 097
夜雪	/ 098
摄影	/ 099
沧桑巨变	/ 101
感悟摄影	/ 102
冷思考	/ 106
太行山的冰挂	/ 107
芦花深处	/ 110
紫禁城里过大年	/ 111
水墨丹青　古北小镇	/ 113
走"江湖"	/ 115
红楼畅想曲	/ 117
相约振兴新村	/ 119

探秘黄崖底	/ 121
峡谷深处访传奇	/ 124
走进三月	/ 127
无题（七）	/ 129
游陵川凤凰欢乐谷	/ 130
春风十里赏桃花	/ 132
写在清明	/ 134
再访岳家寨	/ 136
我爱山里的连翘花	/ 138
游长子皇明湖	/ 142
山中有你不孤单	/ 146
再坐绿皮火车	/ 152
植物园里故事多	/ 153
忘不掉的乡愁	/ 155
二访平顺张家凹	/ 160
珏山上的感慨	/ 161
江城子·珏山行	/ 164
江城子·摄影人	/ 165
铭瑜出生记	/ 167
端午随记（三）	/ 168
走进798艺术中心	/ 169
父亲节·追忆父亲	/ 171
追光	/ 177
寻访发鸠山花絮	/ 178
再聚首	/ 180

小考卧龙潭	/ 181
拍抖音的女人	/ 184
八泉水潺潺	/ 188
没有痛苦的折磨——重复	/ 190
向日葵的微笑	/ 193
艺海拾贝	/ 195
摇篮轻轻入梦中	/ 197
沉痛悼念舅父大人千古	/ 199
大阳古镇印象	/ 202
秋意浓浓	/ 205

| 走出来的风景 |

走进故校园

丙申中夏故校行，
满目荒凉杂草生。
人去楼空多寂静，
不闻当年读书声。

2016年8月19日

| 走出来的风景 |

中秋感怀（一）

秋色无限好，
月光照雅斋。
硕果盘中盛，
喜看桌上菜。
诚邀天下客，
举杯敞开怀。
节日轮回去，
恩情依旧在。

2016年中秋于北京

走进高端
——参加"国培"有感

十三年前，
片面追求升学率，
制约教育进步。
千军万马挤"独木"，
竞争几多"残酷"，
教育极度"离谱"。
九五年湖南汨罗会议，
拉开素质教育大幕。
带着追寻高端与先进，
带着实施素质教育改革的任务，
我曾来到这里，
向专家学习与学者共谋，
许许多多的行动困惑，
在这里得到醒悟。

走出来的风景

十三年后，
素质教育逐步深入，
质量有待提升。
课改紧锣密鼓，
教师亟待"升级"，
教育呼唤名师。
二十一世纪教育发展纲要，
拉开"国培"行动大幕。
带着追寻高端与前卫，
带着"国培"计划行动的任务，
我又来到这里。
听专家的理论阐述，
听同仁的实践回顾，
许许多多的行动迷茫，
在这里找到出路。

2016年9月14日

写在重阳

九九话重阳,
我当多思考,
老是人生必经路,
只是有迟早。
父母养咱小,
咱养父母老,
别把节日当口号,
孝是天之道。
今日我敬老,
明朝敬我老,
传统美德代代传,
夕阳无限好。

2016年10月9日

| 走出来的风景 |

无题（一）

翰墨写人生，
春夏秋和冬。
夜暗灯光明，
天冷墨不冻。
过街人熙攘，
字在我心中。

2016 年 11 月 6 日

| 走出来的风景 |

陌生来客

为了一本书，
他慕名而来。
进门就倾情相诉，
似曾我们相识，
一番言语，
方知套个近乎，
只为求到一本，
我刚刚出版的诗集。
为他的热情打动，
为他的追求感激，
原来我还有粉丝。
我没有任何理由，
不给他一个满足。

2016 年 11 月 10 日

| 走出来的风景 |

探访乐读[1]

微信登录乐读群,
众情读书热升温。
隐身现场自做客,
高朋满座群英汇。
各路高手导读书,
百家讲坛长智慧。
公益发起读书热,
乐读之火放光辉。

2016年11月26日

---

[1] 乐读：是由长治市科技局张燕同志发起的公益读书活动。此活动从2014年开始，已经举办了61期，深受广大读书爱好者的欢迎，并引发大众的积极参与。为此，我私访读书现场，并写下此诗以记之。

| 走出来的风景 |

老牛精神
——有感于绿皮火车

暮出太行朝进京，
老牛拉车一宵通。
钻洞过桥无所惧，
翻山越岭劲不松。
铁蹄铮铮跑不停，
好汉不减当年勇。

2016年12月8日

| 走出来的风景 |

凋零的山村

他走了,
永远地走了!
一个五保老人,
无牵无挂撒手人寰。
十多户的小山村,
又多了一个空巢;
几个留守的老者,
又少了一个伙伴。
原本就很冷清的故里,
又增添了几分寡感。
割不断的乡愁啊!
又减少了几分留恋。

2016年12月19日

| 走出来的风景 |

这个冬天不冷

时已隆冬三九，
只见云雾，
不见寒流，
飘落的雪花，
瞬间化作水球。
草坪泛绿，
湖水涌动，
护城河两岸的人们，
本该冬眠的季节，
却没有闭门袖手。
这个冬天不冷！

2017年1月7日

|走出来的风景|

年

今宵难忘,
记忆年的过去;
难忘今宵,
开启年的步履;
一年又一年,
续写年的戏曲。

2017 年 1 月 31 日

| 走出来的风景 |

悼仁兄

丁酉一鸣倒春寒,
二月雪封乔麦山①。
峡谷一片白茫茫,
大树小树披银衫。
仁兄踏上西去路,
泪眼相送情难断。
上苍可知离别苦,
悲歌一曲撼破天。

2017年3月4日

---

① 乔麦山:此山位于山西省壶关县东南40千米处的太行山脉中,诗中逝者所在的小村庄就在乔麦山脚下,故得名乔麦山村。村中只有十几户人家,四五十口人,是一个自然村庄。

| 走出来的风景 |

连翘花开

连翘花开满枝头,
花开在前叶在后。
同是每年花开季,
今朝花开别样稠。

2017 年 3 月 26 日于市委党校

| 走出来的风景 |

不速之客

一听叩门说请进,
不速之客忽降临。
似曾相识却不识,
只闻话中有乡音。
吾不识君君自荐,
乡愁旧事记上心。
四十春秋沐风雨,
满面沧桑话昔今。

2017 年 4 月 10 日

| 走出来的风景 |

参观中国美术馆

几度欲访终圆梦,
高端自然成迷宫。
肃静充满人敬仰,
幽深暗色显庄重。
色彩涂抹出呐喊,
力量隐藏明暗中。
光束点亮现灵魂,
画中飞鸟若惊鸿。

2017 年 4 月 30 日

走进运城
——参加全省教育信息化运城现场会有感

武圣故里学舞刀，
不求功夫但求道。
过关斩将名天下，
诚信忠义更英豪。

2017 年 5 月 17 日

| 走出来的风景 |

端午随记（一）

粽叶难裹米枣香，
随风千里飘他乡。
路人皆问何处有，
顺手一指是太行。

2017 年 5 月 30 日于北京

访平顺张家凹

五月朝阳红似火,
绿树成荫花满坡。
深吸一口芳草香,
心肺如洗神情活。
张家凹里来做客,
乡音乡语乡情多。
甘泉一杯品不尽,
唯有山间才是我。

2017 年 6 月 3 日

| 走出来的风景 |

漳泽湖中垂钓人

水天一线分，
湖中我独尊。
静观漂[①]沉浮，
不知岸上人。

2017 年 6 月 18 日

[①] 漂：即鱼漂，渔具部件之一，钓鱼时拴在线上的能漂浮的东西，可通过观察它的浮沉来判断鱼是否咬钩。

| 走出来的风景 |

路堵[1]

一堵几十里，

又逢天降雨。

日渐见黄昏，

夜宿何处去。

2017 年 7 月 9 日

---

[1] 路堵：2017 年 7 月 9 日去山西省教育厅开会，行至榆社区域内 12 号隧道，前路发生交通事故，整整堵车两个半小时。夜幕降临，又下着小雨，我顺手写下此诗以记之。

| 走出来的风景 |

江城子·赤峰行

　　一路北上到赤峰，起五更，望星空①。风雨兼程，此路为谁行？教育迷茫无觅处，出城门，去取经。

　　七月草原花茂盛，风云会，聚精英。高朋满座，只为教育兴。待得来年开春时，花满地，香古城。

2017 年 7 月 24 日

---

① 一路北上到赤峰，起五更，望星空：接山西省教育厅通知，2017 年 7 月 24 日赴内蒙古自治区赤峰市参加全国信息化会议。早上 5：50 从长治乘汽车到安阳，10：00 从安阳坐高铁到北京西站，11：30 乘地铁到国家图书馆，14：00 坐大巴从北京出发，晚上 8：30 到达赤峰，行程 1000 多千米，历时 15 个小时之多。一路上下着小雨。

| 走出来的风景 |

赤峰印记

沙漠越野狂飙,
挑战极限心跳。
帐篷篝火烧烤,
烟花歌舞欢笑。
庄园牧场绿草,
骆驼牛羊禽鸟。
壮汉骑马摔跤,
美女长袍多娇。

2017 年 7 月 26 日

| 走出来的风景 |

知了

身无半钱重,
喜欢爬墙头,
乐府门前唱大歌,
不知声高韵厚。
玩童觉好奇,
老叟笑其吼,
"知了 知了 知了"
不出三声飞走。

2017 年 10 月 9 日

无题（二）

一盘小菜一壶酒，
吟诗作对醉方休。
常人只说诗情好，
哪知诗中喜和忧。

2017 年 8 月 20 日

| 走出来的风景 |

登虎头山[1]

金秋初登虎头山，
三千台阶直冲天。
天下山路必有盘，
没有曲折非等闲。
六角亭中放眼看，
层峦叠嶂太行山。
虽说高处不胜寒，
不登山顶非好汉。

2017年8月27日

---

[1] 虎头山：位于壶关县大峡谷黑龙潭景区的北山，被那里的村民称为虎头山。此山险峻秀美，山顶有一个天然的山洞，站在山顶可俯瞰太行山大峡谷的全貌，天气晴朗的时候，甚至可以看到河南省林州市。

| 走出来的风景 |

快的生活

生活没来得及品味就成为过去，
人生没来得及思考就成为历史，
风景没来得及欣赏就成为古迹，
爱物没来得及使用就成为垃圾，
朋友没来得及相处就成为往事，
信息没来得及浏览就已经淹没，
创意没来得及应用就已经过期，
眼睛没来得及看清就已经模糊。
珍惜吧！生命的每一个时刻！

2017年9月5日

| 走出来的风景 |

江城子·"国培"有感[①]

  国之培训辟新径，出校门，走基层。现场教学，彰显重应用。拓展研修潍坊行，进课堂，做互动。

  透过潍坊看山东，重教育，敢破冰。改革创新，只为教育兴。高瞻远瞩办教育，教之幸，国之荣。

2017 年 9 月 8 日

---

① "国培"有感：2017 年 8 月 31 日—2017 年 9 月 20 日，我参加了国家教育行政学院举办的第八十二期地市教育局长培训班。在学习期间写下了此诗篇，以记之。

| 走出来的风景 |

潍坊印象

齐鲁大地峡山[①]下,
　潍水泽润养文化。
自古名人天下甲,
　高粱红透[②]映万家。
教育集团二七一,
　公益民办一奇葩。
教育创新敢破冰,
　立意高远为中华。

2017年9月10日

---

① 峡山：位于潍坊市东南部10千米处。四周山环水绕，气候宜人。
② 高粱红透：取莫言的小说《红高粱》之意，张艺谋的电影《红高粱》在全世界影响很大。

| 走出来的风景 |

中秋感怀（二）

又到中秋，
总有期待月当空。
朔盼月儿圆，
望等月儿明，
彩云追月，
只因月儿在云中。

2017 年 9 月 25 日

| 走出来的风景 |

闻雨知时

屋外雨声悠扬，
屋内水珠挂窗。
风吹树叶沙沙，
一夜满地金黄。
不必问君何季，
可知时已秋凉。

2017 年 10 月 18 日

|走出来的风景|

柿叶对柿子的情意

陪你生，
陪你长，
陪你由绿变黄；
为你挡风，
为你遮阳，
为你不受创伤。
等你身壮体胖，
等你满面红光，
悄然落地，
静静地把你欣赏！

2017年10月20日

| 走出来的风景 |

美丽的四方山[①]

梦中的四方山，
终成现实版。
九曲回肠的山路，
把我带进五彩斑斓。
车在山中行，
人在画中游，
身临其境；
没有词汇，
只有感叹！
因为在我的脑海里，
找不到超越现实的语言。
画作再美，
也美不过自然；

---

① 四方山：位于山西省黎城县西北25千米处。每年10月满山红叶，如同火焰一般，身临其境让人陶醉，不禁让人生出"天下红叶之最而不过"的慨叹。

走出来的风景

色彩再艳，
也艳不过天然。
美到极致则无语，
四方山，
让我流连忘返。

2017 年 10 月 21 日

银杏树下

历经风雨千百遍，
洗尽尘埃见真颜。
晶莹剔透显风骨，
留得金色在人间。

2017年10月28日于黎城上遥

| 走出来的风景 |

| 走出来的风景 |

芦草

凤凰涅槃，
多少次地重复，
为了生命的意义，
在生与死中博弈。
"野火烧不尽，
春风吹又生。"①
生是那样强劲，
死是那样挺直，
生与死都是风景与美丽。

2017年12月1日

---

① 野火烧不尽，春风吹又生：引自唐代白居易《赋得古原草送别》。

| 走出来的风景 |

水饺

一个萝卜两根葱，
三两红肉拌其中。
半斤面团揪百份，
一剂一包两时更。
人人都说饺子好，
哪知得来多费功。

2017 年 12 月 3 日

| 走出来的风景 |

忆江南·家乡好

家乡好,
鬼斧神工造。
峡谷方圆几十里,
奇山秀水引人娇。
地球人知道!

2017年12月7日

| 走出来的风景 |

峡谷美

从来脊梁在上党,
巍巍太行蕴绝唱。
鬼斧神工出峡谷,
奇山秀水甲四方。
天作之美无人及,
敢把峻秀比天堂。
门前自有仙境在,
何苦千里寻他乡。

2017 年 12 月 9 日

雪夜

隆冬夜已深，
雪花满天飞。
庭院静悄悄，
灯下有情人。

2017年12月13日

| 走出来的风景 |

访荫城古镇

荫城古镇,
老街深宅。
残垣断壁,
见证兴衰。
千年铁府,
名扬四海。
历史悠久,
烙印承载。
驼铃远去,
繁华不在。

2017年12月14日

| 走出来的风景 |

佛

天庭满满慧无边,
须眉长长眼光远。
两手伸伸胸襟阔,
衣衫宽宽无拘禁。
大肚容容天下事,
笑口开开福如天。

2017 年 12 月 30 日

| 走出来的风景 |

踏雪采风

雪落上党白茫茫,
正是采风好时光。
驱车直奔南宋乡①,
文物故里看冬装。
神山②之巅放眼望,
排排青翠琉璃墙。
五凤楼上钟鼓响,
仙女欢欣笑声朗。

2018 年 1 月 4 日

---

① 南宋乡:位于长治市上党区西南 12 千米处。
② 神山:位于长治市上党区西南 12 千米处南宋乡,站在此山上可俯瞰南宋乡的全貌和五凤楼全景,风景秀丽,景色宜人。

竹子赋

前世今生木中品，
一脉相承根生根。
质朴坚硬内虚怀，
枝枝有节叶叶媚。
仰望长空向凌云，
敢为曲直争是非。
身怀七德[①]真君子，
文人墨客皆敬畏。

2018年1月7日

---

① 七德：正直、奋进、虚怀、质朴、卓尔、担当、善群。

| 走出来的风景 |

摄影人

以四海为家,
与山水相恋;
共日月同居,
同大地共眠;
结风雨做伴,
和花鸟亲近;
挽名胜拥抱,
话人文古今。

2018 年 1 月 10 日

| 走出来的风景 |

| 走出来的风景 |

无题（三）

节日彩灯节日雪，
灯雪辉映我做客。
有心拍张雪打灯，
无意摄得灯打雪。

2018 年 2 月 18 日

感叹霞庄[①]

它从北魏走来,
五百年的历史,
积淀了多少传说与典故,
如今却落得个鲜为人知。

一条老街,
撑不住历史的变更,
终于人去店空,
留得个冷冷清清。
不知还有多少人能够记得,
它曾经的车水马龙。

[①] 霞庄：位于黎城县城东北5千米处，历史悠久，文化积淀深厚，也是红色教育基地。

走出来的风景

一座老屋，
撑不住岁月的洗礼，
终于倒塌下来，
留得个残垣断壁。
不知还有多少人能够记得，
它曾经的炊烟四起。

一棵老树，
撑不住年轮的增多，
终于枝残叶稀，
留得个枯木独处。
不知还有多少人能够记得，
它曾经的花香四溢。

一盘老磨，
撑不住风吹雨打，
终于失去光华，
留得个肢体分家。
不知还有多少人能够记得，
它曾经的驴骡拉驾。

｜走出来的风景｜

曾经的曾经的曾经，
　都已经灰飞烟灭，
　所谓永远的永远，
　那只是一个传说。

2018年3月5日

| 走出来的风景 |

四进洗耳河

四进洗耳河,
时令入惊蛰。
小河两岸绿,
泉水更清澈。
牛羊遍地走,
鸡群树上歌。
农家备耕忙,
我为上门客。

2018年3月10日

| 走出来的风景 |

浊漳河畔的恩爱①

拜天拜地拜祖宗,
浊漳河畔水作证。
苦难岁月见真情,
穷富相依守一生。

2018年3月24日

---

① 浊漳河畔的恩爱：在流经潞城的浊漳河岸，我遇见了一对年岁已高的老夫妻。他们赶着牛车捡废砖头，看上去生活很艰苦，但两人相依相伴，互相关爱，令我生发几多感慨，于是就写下了此诗，以作纪念。

|走出来的风景|

仁人桥[1]

一轮圆月湖中升，
水上水下对张弓。
若知桥上人为谁，
但看桥下湖水中。

2018 年 4 月 3 日

---
[1] 仁人桥：位于长治市遥华湖公园中，水面上的桥和桥在水中的倒影，形成一个完整的圆。

冷暖无常

戊戌四月露锋芒,
一夜寒流扫春光。
乍暖暴寒两重天,
春花佼佼挂满霜。
脱下春装上冬装,
无顾人说四不像。
春日莫嘲冬日寒,
人间冷暖本无常。

2018 年 4 月 6 日

| 走出来的风景 |

| 走出来的风景 |

故地重行

别梦依稀,
四十二年,
故地重行,
又见神北神南①。
两岸依旧炊烟升,
不见当年号子喊,
往事恍惚联翩。

告别校园,
解学归田,
公社召唤,
成为专业队员。
全国农业学大寨,

---

① 神北神南:神北、神南是位于山西省壶关县树掌镇的两个行政村。

| 走出来的风景 |

轰轰烈烈造农田,
吾辈恰逢其间。

山上凿石,
河涧筑岸,
战天斗地,
苦难磨砺骨筋。
劳动识得汉子面,
芳华十八挑重担,
少年也具风范。

恢复高考,
打开门窗一扇。
白天出工搞生产,
晚上灯下苦学练,
尔等不甘平凡。

几度赴考,
名落孙山,
不屈不挠,

走出来的风景

咬定目标攻坚。
不到长城非好汉，
誓言无功而不还，
意志感动上天。

遥想当年，
几多感叹，
人生沧桑，
岁月何其短暂。
在梦一般的往事里，
我在努力地搜寻着，
曾经的神北神南。

2018年4月12日

|走出来的风景|

逛洛阳老城

阳春三月下洛阳，
老城古街步行逛。
青砖灰瓦石头街，
人潮如流挤城墙。
传统工艺小作坊，
千店百味皆飘香。
古风古韵尽招幌，
穿越千年回隋唐。

2018年4月14日

| 走出来的风景 |

| 走出来的风景 |

走进东掌

本是赏花,
走进这块花田。
花已经在脚下,
看见的却是一个诗人笔下的
世外桃源。
东掌,我来了!

2018 年 4 月 25 日

| 走出来的风景 |

北京植物园赏花有感

花如海，
人如潮，
海潮飞虹，
彩带相间飘。

园之色，
天之香，
色香醉人，
满园好春光。

2018年4月17日

| 走出来的风景 |

醉西湖

五月乘龙下杭州，
漫走栖霞湖舍①休。
西子湖畔踏歌行，
细雨击水泛幽幽。
荷下鸳鸯戏莲藕，
岸上垂柳织丝绸。
微风吹得游人醉，
人在天堂无忧愁。

2018年5月13日

---

① 漫走栖霞湖舍：位于杭州西湖北山脚下，风景宜人，距离西湖500米，背后是栖霞岭，登上山顶可俯瞰西湖全景。

| 走出来的风景 |

游杭州云栖竹径①有感

竹径通幽灵气生,
云栖山间雾当空。
自古深山藏隐士,
修身养性在其中。

2018年5月15日

---

① 云栖竹径:位于杭州市五云山南麓的云栖坞里,风景秀丽,气候宜人,电影《卧虎藏龙》曾在这里取景。

| 走出来的风景 |

银环与朝阳沟
——观豫剧《朝阳沟》随感

三年修得同窗恋,
痴情一片人相随。
为了爱情离故土,
舍弃城市到农村。
沟里沟外两重天,
进退两难心思归。
山水有情人有情,
众情演绎朝阳魂。

2018 年 5 月 20 日

六一·忆童年

徒步五里上学堂,
早出晚归月星亮。
谷糠窝窝作干粮,
风雨霜冰亦平常。
一个先生一间房,
五个年级轮流上。
石笔石板石墨仿,
写算绘画做文章。

2018 年 6 月 1 日

| 走出来的风景 |

端午随记（二）

你来我往粽飘香，
浓情盈盈溢端阳。
乡风民俗共聚首，
自古情意出来往。

2018 年 6 月 18 日

无题（四）

青砖灰瓦砌高墙，
深宅大院多阴凉。
屋内虽有财万贯。
不如墙外春姑娘。

2018年6月18日

| 走出来的风景 |

荷花赞

草下可人名曰荷,
污中修得一身洁。
花开不染半点泥,
任凭鸟儿蓬上歇。

2018 年 7 月 3 日

废墟之辱
——游北京圆明园之感

王朝远去皇城破，
残垣断壁泣悲歌。
百年宫殿一宵焚，
万园之园天下绝。
宛自天工成传奇，
废墟掩埋辱与血。
自古江山非铁打，
成由勤俭败由奢。

2018年7月6日

| 走出来的风景 |

稻草牛[①]

晨雾蒙蒙山村情，
初见草牛好奇生。
坐上牛背多忐忑，
牧人不催牛不耕。

2018 年 7 月 27 日

---

① 稻草牛：指用稻草编织而成的假牛，供游人观赏拍照。

苇草

苇草青青头顶缨，
天生有节不曲成。
风吹悠悠如潮涌，
我作小船逐浪升。

2018 年 8 月 5 日

| 走出来的风景 |

打铁
——荫城镇观打铁有感

小锤大锤舞铁砧，
叮叮当当声有节。
轻重缓急心有谱，
师徒同奏打击乐。

2018 年 8 月 24 日

| 走出来的风景 |

重坐绿皮火车

不急不躁不上火,
悠悠哉哉行吾车。
不求跑出高速度,
但求旅途风光多。
绿色衣装不下身,
老当益壮不停歇。

2018年9月1日

| 走出来的风景 |

游平顺通天峡

小船悠悠湖上飘，
两岸青山如刀削。
峡谷幽深一线天，
静听林中鸟唱潮。

2018 年 9 月 5 日

| 走出来的风景 |

游杭州西溪湿地

楫橹摇摇水上漂,船夫滔滔话溪谣。
鸳鸯戏水白鹭叫,蛙鸣鱼跃争浪潮。
两岸楼阁林中隐,风来琴声在耳梢。
人在景中醉清风,百鸟朝凤忘归巢。

2018 年 9 月 10 日

| 走出来的风景 |

游十泉岭张家大院

古灯重明,
老屋生辉,
主人已远去,
故事依旧在。
拂去陈年埃土,
再现持家文化。
儒商精神:
"道通天地有形外,
思入风云变幻中。"
麻油生意走天下。
做人理念:
"立人品端在修己,
振家声还是读书。"
一代子孙登大雅。

2018年9月15日

| 走出来的风景 |

夜宿马圪当

秋风送爽下太行，
夜幕留宿马圪当。
红豆杉树餐桌旁，
客家笑谈唠家常。
土鸡土蛋土豆丝，
葱花烙饼绿豆汤。
夜半雨声敲窗响，
公鸡打鸣报天亮。

2018 年 9 月 17 日

| 走出来的风景 |

登黄围山

雨中攀登黄围山,
七十二拐冲云天。
白陉栈道马蹄深,
居崖驿站无人烟。
云雾蒙蒙绕山转,
不见天目①多遗憾。
面对镜壁一声喊,
三仙回我石门宽。

2018年9月18日

---

① 天目：指天目山。

美秋

秋风萧瑟落叶稠，
万类生色竞自由。
正是一年好时节，
踏遍千山人未休。

2018年9月28日

| 走出来的风景 |

旅途观日落有感

一线横南北,
一点满天晖,
日落地平生彩霞,
天空无限美。
心路宽无边,
驰骋天地间,
阅尽秋色行无疆,
永远路上人。

2018 年 10 月 2 日

| 走出来的风景 |

五进洗耳河

五进洗耳河,
陪君作导向。
漫步话典故,
且行且观赏。
忽闻鞭炮响,
农家娶新娘。
又见大锅饭,
垂涎三尺长。

2018 年 10 月 6 日

| 走出来的风景 |

四方山的红叶

远看坡坡秋叶红，
近看叶叶百媚生。
各有姿色如花开，
一妆红颜待君宠。

2018 年 10 月 10 日

| 走出来的风景 |

游太行峡谷

太行峡谷一日游,
半日坐车半日走。
晋豫两省一条沟,
百里画廊不胜收。
挂壁穿越千回折,
悬空栈道飞鸟愁。
红石板房崖上修,
院外山水院内秋。

2018年10月13日(秋)

崖之柏

随风潜入石崖上，
竭缝生长靠天养。
无本之木难成梁，
形如柴草貌不扬。
隐居深山百年修，
方得真身质如钢。
自古闲来无人问，
一朝成名立山冈。

2018 年 10 月 16 日

| 走出来的风景 |

秋登北京奥林匹克塔

风吹霾散碧空清，
蓝天白云日当空。
极目远眺天尽头，
高楼林立指苍穹。
落英缤纷染都城。
五彩斑斓秋韵浓，
最爱北京十月天，
"天堂"之上忆舍公[①]。

2018年10月27日

[①] 舍公：指老舍，他曾经说过："北平之秋就是人间的天堂，也许比天堂更繁荣一点呢！"出自老舍的《四世同堂》。

| 走出来的风景 |

| 走出来的风景 |

品行扬黎侯　功名流千古
——沉痛悼念岳父大人千古

  秋去冬来，万草凋枯；物无光华，万木萧条。在这个令人伤感的季节，亲爱的岳父大人因病医治无效，于2018年11月16日与世长辞。长歌当哭，我怀着无比悲痛的心情，遂挥写长诗一首，以表哀悼之情，慰藉岳父在天之灵。

民国庚午七月生，
善行天下闯西东。
一九四九跟党走，
百年沧桑沐雨风。

乱世逃荒黎侯城，
寄人篱下做养童。
少年家贫多励志，
借人私塾学有成。

为有生计离家行，
初出茅庐当先生。
从教七年苦敬业，
桃李不言蹊自成。

入党宣誓一分钟，
七十春秋守心中。
亭亭净植荷质洁，
清清白白善始终。

从职供销受重用，
年年劳模获好评。
计统采购副主任，
脚踏实地无虚名。

出身贫穷志不穷，
心无旁骛只为公。
历经锻炼多磨砺，
两袖清风留美名。

| 走出来的风景 |

勤俭持家有担当,
养儿育女重教养。
敬老爱幼做表率,
四世同堂功无量。

花甲离休回故里,
十年竭诚报桑梓。
任劳任怨不计酬,
是非曲直本无私。

古稀安居敬老院,
吹拉弹唱同乐会。
小作诗词共雅俗,
夕照晚霞放余晖。

耄耋之年守儿孙,
读书看报得清闲。
修心养性心底宽,
养生有方勤为先。

| 走出来的风景 |

九十年含辛茹苦，
九十年润物无声。
九十年默默耕耘，
九十年负重前行。

为人不掺半点假，
为事不带半点嫌。
为公不怀半点私，
为家不留半点闲。

日出日落天有时，
归去来兮留不住。
医术不敌夺命神，
千呼万唤无觅处。

岳父驾鹤向西去，
悲歌难罄离别苦。
挥笔长书养育恩，
品行源远流千古。

走出来的风景

想见仪容空有影，
欲闻教诲杳无声。
化悲为行遵遗嘱，
承前启后续航程。
　　呜呼哀哉！

2018 年 11 月 17 日

| 走出来的风景 |

颐和园随记

苏州街上门旗飘，
万寿寺中人如潮。
千米长廊故事多，
昆明湖水静悄悄。
十七孔桥飞彩虹，
石舫默默待起锚。
昔日皇家好园林，
今朝百姓乐逍遥。

2018年11月16日

| 走出来的风景 |

漫步什刹海

大雪将至西风峭，
沿湖金柳如丝绦。
湖水涌动浪推浪，
对对鸳鸯水上漂。
残荷褶叶如舞裙，
莲蓬探藕竞折腰。
两岸胡同游人稀，
车夫频频送我轿。

2018 年 11 月 30 日

无题（六）

我从雾都走来，
时速三百公里的高铁，
像飞一样，
穿越在晨雾之中。
我倚窗而坐，
广袤的华北平原，
成为一片雾海，
什么也看不清楚。
相对运动的感觉，
就像进入时空隧道，
还没有来得及思考，
就已经停车到站。
我该下车了！

2018年12月1日

| 走出来的风景 |

夜雪

二更下雪五更消，
来去匆匆静悄悄。
梦中不闻窗外事，
醒来已是半日高。

2018年12月11日

摄影
——身体与心灵的快乐

山高人为峰，
水深人为舟，
踏破铁鞋千万緉，
心路向自由。

脚步比路长，
镜头比眼亮，
众里寻他千百度，
打开一扇窗。

山山有回声，
水水有倒影，
莺歌燕舞百鸟鸣，
处处是风景。

| 走出来的风景 |

古镇有历史，
小巷有深宅，
月隐星稀黄昏时，
老屋藏聊斋。

杯杯有甘露，
餐餐有杂粮，
回归寻常百姓饭，
地气暖肚肠。

2018年12月15日

沧桑巨变
——写在改革开放四十年之际

难忘一九七七年，
高考挽救一代人。
放下锄头持书本，
考场试兵滤风尘。
改革开放立潮头，
恰逢其时主命运。
试看天下谁能敌，
一代栋梁出我辈。

2018年12月18日

| 走出来的风景 |

感悟摄影

霜染鬓发人无忧,
事无牵挂心已休。
正是人生好时节,
弃笔从游更风流。

有路无路向前走,
有景无景无所求。
相机只是手中物,
醉翁之意不在酒。

手指一按快门开,
一幅画面入镜头。
精彩只在一瞬间,
稍纵即逝不再有。

| 走出来的风景 |

一扇小窗方寸口，
看山看水看乡愁。
摄影路上故事多，
不用笔墨写春秋。

2018 年 12 月 22 日（冬至）

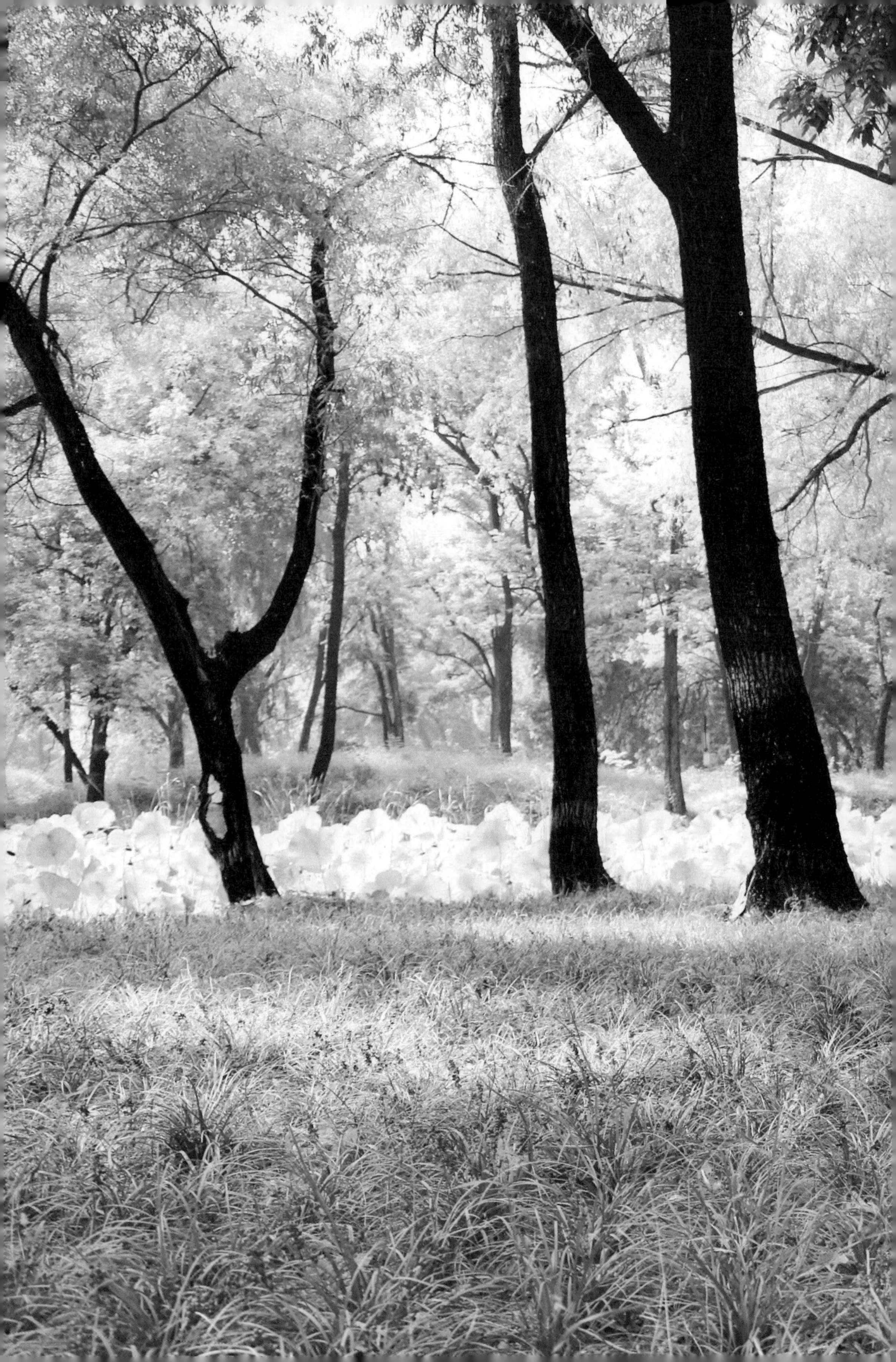

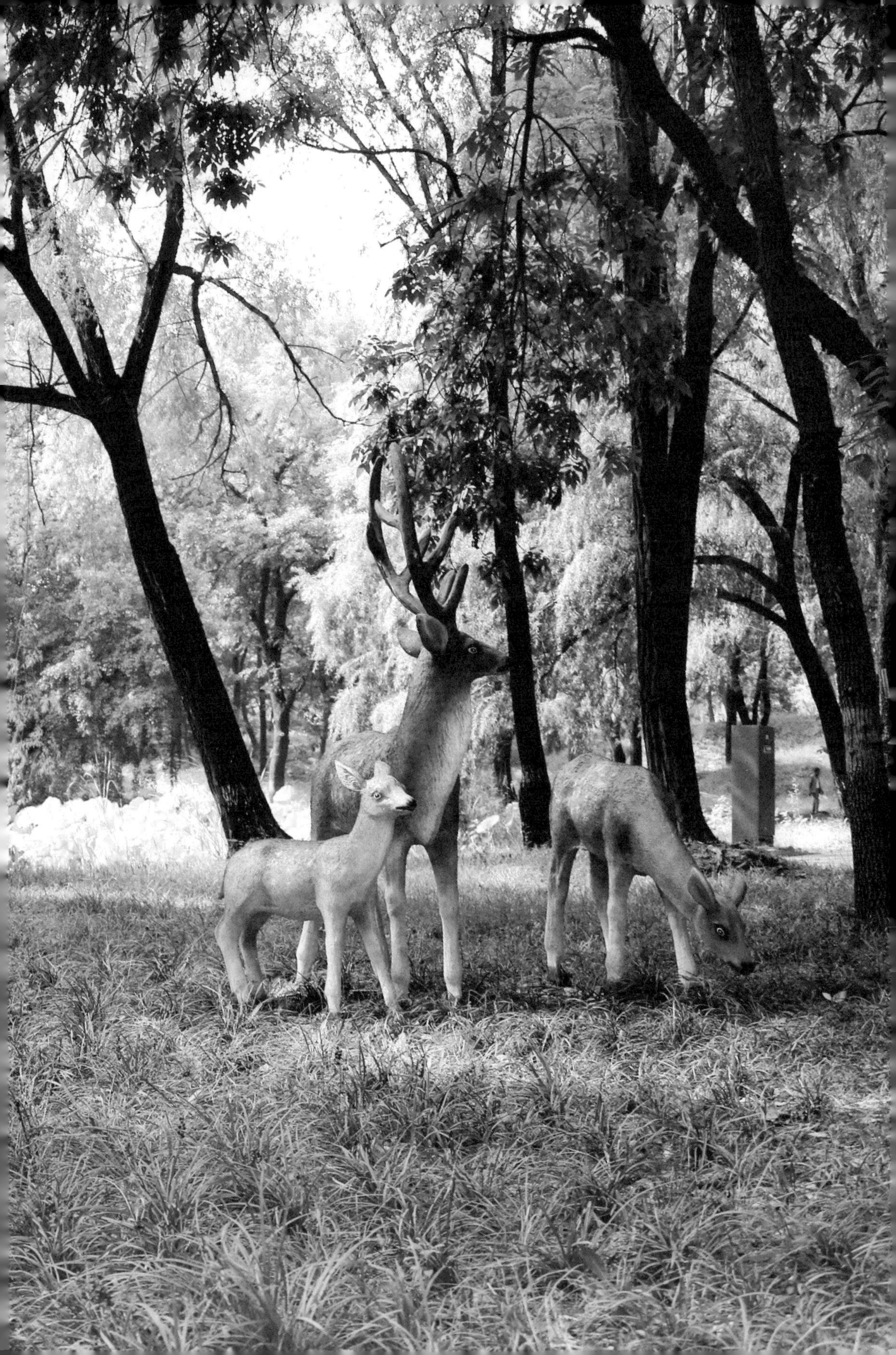

| 走出来的风景 |

冷思考

一

三九出门冰上走，
呵气成霜挂眉头。
冰眼不识对面客，
闻声方知是故友。

二

小寒无阻路漫漫，
冰冻不封水潺潺。
"梅花欢喜漫天雪"[①]，
心中有火无严寒。

2018年12月29日

---

① 梅花欢喜漫天雪：引用毛主席诗词《七律·冬云》中的诗词。

| 走出来的风景 |

太行山的冰挂

太行山的冰挂，
刘玄德的剑，
龙凤双舞战敌酣，
千峰万仞倒出鞘，
纵横林立好威严。

太行山的冰挂，
赵子龙的枪，
龙胆亮银耀山冈，
神枪垂下不可挡，
天下第一绝无双。

太行山的冰挂，
关云长的刀，
青龙偃月寒光照，

| 走出来的风景 |

武圣已去不复返，
留得大刀镇邪妖。

太行山的冰挂，
张益德的矛，
白蛇吐信雾气飘，
玉杆银锥凭空吊，
丈八矛头冲云霄。

2018 年 12 月 31 日

| 走出来的风景 |

| 走出来的风景 |

芦花深处

秋风吹拂芦苇荡,
思绪无限放眼望。
若飘若止若有无,
此情此景无惆怅。

芦花绽放风姿雅,
随风摇曳多潇洒。
漫山芦花白如雪,
如絮飞舞飘天涯。

一裳红装艳芦花,
如诗如画如芬芳。
曲径小路幽远去,
一片静怡在心房。

2019 年 1 月 14 日

| 走出来的风景 |

紫禁城里过大年

皇城墙根绿草生,
护城河里泉破冰。
城门大开迎宾客,
穿越时空进故宫。

紫禁城里过大年,
宫廷还原百年前。
如今幸得宫中行,
不穿官服走宫殿。

红墙斗拱金銮殿,
宫灯福字贴门神。
绝世珍品千万件,
敞开宝箱面世人。

走出来的风景

四九五九春露首,
兰花梅花挂枝头。
双春同行喜临门,
只等佳人到城楼。

挚爱幽兰异群芳,
三九寻她到深堂。
御花园里古树旁,
独自飘香沁心房。

皇宫深深故事多,
兴衰更替写史歌。
昔日皇城门难进,
今朝百姓来做客。

2019年1月31日

水墨丹青　古北小镇

燕蓟之地古北水，
水墨丹青过大年。
年丰招来八方客，
客从千里来相见。

司马台高长城峻，
明朝遗迹耀古今。
有幸一登长城险，
情生感慨中国心。

仙女遥望望京楼，
雄伟壮丽天下秀。
一夫当关万夫愁，
不登望京心不休。

走出来的风景

群山环抱藏古镇，
鸳鸯湖水穿南北。
汤河两岸是客栈，
亭台楼阁倒影深。

古镇不古却似古，
青砖灰瓦小街铺。
北方水土江南屋，
小桥流水有船夫。

2019 年 2 月 11 日

| 走出来的风景 |

走"江湖"

走过春，走过冬，
赏过花开的风景，
看过叶落的凋零，
在生与死的自然中，
收获的是不喜不悲的宁静。

走过西，走过东，
在东边看过日落，
在西边看过日升，
在落与升的循环中，
收获的是一片无限的天空。

走过暗，走过明，
在黑暗里洞察秋毫，
在光明中谨慎前行，
在暗与明的天地里，

走出来的风景

收获的是一颗调光的眼睛。

走过亲，走过情，
尝过冷眼的洗礼，
品过热血的沸腾，
在冷与热的反差中，
收获的是随遇而安的心境。

走过雨，走过风，
在风中静观其变，
在雨中等待彩虹，
在风与雨的吹打中，
收获的是坚韧不拔的个性。

走过村，走过城，
在崎岖的猫路上攀登，
在宽阔的大道上驰骋，
在山与川的两条道上，
收获的是行走姿态的平衡。

2019年2月15日

红楼畅想曲

一把秀伞握在手，
漫步轻拾上红楼。
只知红楼屋檐高，
哪知上楼步梯陡。

红衣长袖金簪头，
只身独处在窗口。
望断秋水不见君，
红楼追梦何自由。

红楼高深风云骤，
几人欢乐几人愁。
不恋红楼香艳浓，
愿有岁月可回首。

走出来的风景

红楼墙内走一走，
只见砖木不见柳。
有口无言可知否，
心怀方舟问谁求？

布衣竹帽小背篓，
田间地头捉泥鳅。
一份汗水一份收，
满面春风心无忧。

2019年2月18日

| 走出来的风景 |

相约振兴新村

四十六年，
弹指一挥间。
孩子的幼稚还历历在目，
转眼就已经白发苍苍，
在时间老人的面前，
我们毫无半点脾气，
只能默默地接受。

还好，
从那会心的一笑，
可看到大家的幸福。
一生的奋斗，
历尽沧桑，
总算有个好的结果。
儿孙满堂，
剩下的就是健康地活着。

走出来的风景

一朝同窗，
终生有缘。
无论天涯海角，
还是朝夕相处，
只要相见，
就永远是温馨，
这就是同学的情谊。

我们留不住光阴，
但可以把握现在，
每个人都不知道，
还能欣赏几度樱花开。
在这国泰民安的时代，
好好享受
上天对我们前半生的努力，
赋予的恩赐和回报。

2019年2月28日

探秘黄崖底

印象黄崖底

巍然太行向东去,
一落千丈黄崖底。
三沟四峡险幽深,
千回百转几十里。

黄崖底村

豫之北,晋之南,
太行山腰桃花源。
七十二庄成一村,
沟沟坳坳藏人烟。

|走出来的风景|

观大瀑布

一壑飞出千丈瀑,
出口倾盆落玉珠。
冬凝冰挂白银树,
一景双观天下无。

桃源竞歌

千山竞险峰竞秀,
万沟竞深径竞幽。
树木竞荣花竞艳,
湖水竞清鱼竞游。

做客农家乐

一把黄米一锅粥,
一盘小菜一杯酒。
世外桃源共雅俗,
神仙何尝不两口。

爬老钟沟

自古人叹老钟沟,
飞鸟折翅牛也愁。
听钟心生半日寒,
有分奈何人别走。

2019年3月10日

| 走出来的风景 |

峡谷深处访传奇

　　猫路，令人望而生畏！从小就知道的山崖之路，在我的心中不过是一种概念。近日，在好同学的陪同下，亲身造访了此地。身临其境，它的险、它的峻、它的危、它的秀，让我心生敬畏，想起来腿都软。但是，此行给我留下了许多感慨。

猫路有感（1）

　　一听猫路心惊跳，
　　悬崖峭壁生栈道。
　　只知诗说蜀道难，
　　哪知猫路更险要。

猫路有感（2）

站在猫路望太行，
层峦叠嶂气轩昂。
水墨丹青天之作，
只差一枚红印章。

望天生桥

隔山眺望天生桥，
一座拱门立山腰。
敢问天公何所为，
欲与天门试比高。

游万佛寺

孤峰之上万佛寺，
仙风道骨多神秘。
寺庙微小藏灵气，
历史悠久天下知。

| 走出来的风景 |

登瑛姑峡（1）

可怜天下痴情人，
望夫流干两眼泪。
岁月刷尽衣衫碎，
不见夫君人不归。

登瑛姑峡（2）

瑛姑痴情望夫归，
真情感动天下人。
游人驻足望瑛姑，
醉了双眼醉了魂。

登瑛姑峡（3）

瑛姑峡，爱情峡，
情动太行感天下。
世间尚有痴情女，
谁人能不仰望她。

2019年3月16日

走进三月

走进三月，
　　冰雪消融，
　　　大地解冻，
春天的泥土气息，
浸润着你我的心灵。

　　　走进三月，
　　　气温回升，
　　　阳气充盈，
脱去冬装的束缚，
还一身自由轻松。

　　　走进三月，
　　　无限春光，
　　　百花待放，
我等待花开的姿势，

走出来的风景

他期盼开败的花房。

走进三月,
四季伊始,
仪表清零,
重新规划导航,
来一场全新的旅程。

走进三月,
长夜已过,
精神如初,
梦中的八十一难,
只是一句"阿弥陀佛"。

走进三月,
春意盎然,
深耕土壤,
在田间寻觅灵感,
在地头诗情飞扬。

2019年3月20日

无题（七）

同窗三学友[①]，
相邀在潞州。
倾情忆往昔，
峥嵘岁月稠。
举杯开怀饮，
谈笑在酒楼。

自古酒场无好汉，
酒量忒大逊酒坛。
劝君饮酒谦三分，
留有余力天地宽。

2019 年 3 月 22 日

[①] 三学友：指高中三同学，时隔 30 多年在长治相聚，畅谈各自的人生岁月。酒酣之余写下此诗。

| 走出来的风景 |

游陵川凤凰欢乐谷

  凤凰欢乐谷位于陵川县东南 30 千米处，十几年前就曾听说过的地方，如今才成行。几处值得感慨的景观，几处令人思考的地方，还真有几分共鸣。

一、过天门山

  两岸林里黄鹂飞，
  沿河水下鱼摆尾。
  遥看前路无去处，
  人到山前天开门。

二、渡通天河

  师徒取经向西去，
  一条大河横断路。
  波涛汹涌逐浪激，
  石龟渡我对岸处。

三、扛飞来石

天有不测路有患，
飞来之石生祸端。
危难时刻显身手，
勠力同心扛难关。

四、观大瀑布

水涡龙潭不见底，
面似平镜静如许。
缓溢急泻成美瀑，
景到极致则无语。

五、漂龙峡湖

龙峡湖水静悄悄，
竹筏悠悠水上漂。
只见水中鱼儿游，
岸边无人对歌谣。

2019年3月24日

| 走出来的风景 |

春风十里赏桃花

黎城南堡，位于黎城县东南十几千米处，是一个依山背岭、群山环抱的宝地。漫山遍野的山桃花，使此处犹如花的海洋，身临其境，心旷神怡，一种不吐不快的心情油然而生，于是就有了下文，与大家分享。

浊漳河畔春来早，
桃红柳绿花正潮。
渐入佳境花深处，
醉了心情累了腰。

十里桃花春盛开，
吾从远方看你来。
不赏桃花一枝红，
只爱花开一片海。

走出来的风景

春风吹开岸上花,
香飘十里进万家。
桃花树下花仙子,
一分知情九分雅。

山桃花蕾点点红,
含苞欲放待春风。
"忽如一夜春风来"①,
千树万树笑无声。

仙子一曲葫芦丝,
吹在花儿绽放处。
乐声悠扬传山谷,
十里桃花共飞舞。

桃花红,桃花白,
桃花朵朵为谁开?
为谁红?为谁白?
桃花不言等你来!

2019年3月26日

---

① 忽如一夜春风来:借唐代诗人岑参《白雪歌送武判官归京》中的诗句。

| 走出来的风景 |

写在清明

清明时节梦纷纷,
先辈音容常萦回。
梦醒心中生纳闷,
又到清明该上坟。

清明时节祭先辈,
儿行千里不忘归。
年年清明来此处,
一片哀思悼英魂。

一束鲜花献墓前,
三分肃穆心庄严。
缅怀亲人曾教诲,
砥砺前行志更坚。

| 走出来的风景 |

袅袅香烟飘天国,
美酒三杯沥泪珠。
烧份纸钱送祝福,
添抔黄土裹情愫。

2019年4月3日

| 走出来的风景 |

再访岳家寨

石壕

石山石村石板房,
石街石巷石头墙。
石桌石凳石水缸,
石磙石碾石蜂箱。

四季花

春赏连翘黄澄澄,
夏赏龙芽白生生。
秋赏黄栌满山红,
冬赏白雪染青松。

| 走出来的风景 |

空巢

身居石壕多思量,
靠山难求二斗粮。
为有生计走他乡,
一树梨花守空房。

2019 年 4 月 7 日

| 走出来的风景 |

我爱山里的连翘花

  从小在山里长大，特别喜欢连翘花。那时候年龄小，只是喜欢，却说不出为什么。如今想想要说出点道道还真不是件容易的事。不管怎么样，我还是想斗胆地说一说，来把儿时的疑问回答！

我爱连翘花的独立，
自我发芽，自我成长；
自我开花，自我结果。
不择风土人情，
不畏孤独冷落，
苦苦熬出一个真实的自我，
把春天装扮得生机勃勃。

我爱连翘花的品质，
没有雍容华贵，

| 走出来的风景 |

没有冰肌玉骨，
却有一份谦卑与厚重。
当繁花凋零的时候，
它却把累累果实送上，
为人们的健康护航。

我爱连翘花的价值，
几千年花开依旧，
但它的果实价值倍增。
二块，三块，五块，
一直到现在的二十几块，
成为山里人维持生活
和赖以生存的本钱。

我爱连翘花的坚守，
几千年的变迁，
几千年的传承，
无论花的世界怎样改变，
无论花粉怎样流动，
在它的枝干里，

| 走出来的风景 |

依然把金黄的基因坚守。

连翘花虽年年开,
我却不等明年来!

2019 年 4 月 10 日

| 走出来的风景 |

| 走出来的风景 |

游长子皇明湖

偶遇皇明湖

闻风而动,随风而行,
网红一时的金山银山,
把我带到了丹朱小城。
　如潮涌的游客,
　把一个小小县城,
　拥挤得非常被动,
　我不想把时间浪费在
没有预期的等待之中,
只好另辟蹊径——游皇明湖,
　把看山变成了看水之行。

漫步林荫小径

漫步林荫小道，
薄薄的石板路，
弯弯曲曲起伏不平。
虽然很窄很窄，
却有一种无比的宽松，
仿佛这条小路，
只为我一个人通行。
几分感慨，几分惬意，
把我带入另一种意境。

桃花树下留影

沿湖岸弯曲前行，
进入一片桃树林中，
和朋友一起自拍留影，
把友情定格在桃花树下，
作为永久的同行。
翻看摄入相机中的照片，
倒使我想起了陶渊明的：

| 走出来的风景 |

"羁鸟恋旧林,池鱼思故渊。"
"榆柳荫后檐,桃李罗堂前。"

一叶扁舟

湖面平静如镜,
绿树倒影水中,
映入眼帘的是一幅幅
美不胜收的画卷。
手中相机忙个不停,
总想记录下所有的风景,
突然间一叶扁舟,
出现在我的镜头中,
求之不得的画面,
心情无比激动。

听湖蛙齐鸣

心随佳境去,
不觉到湖西,
眼前一片芦苇地,

| 走出来的风景 |

湖蛙齐鸣惊人痴,
有预谋的歌曲派对,
打破了原有的宁静。
不由使我想起了
唐朝诗人来鹄的诗句:
"不堪吟罢东回首,
满耳蛙声正夕阳。"

2019 年 4 月 14 日

| 走出来的风景 |

山中有你不孤单

什么是路？鲁迅先生这样说：其实地上本没有路，走的人多了，也便成了路。电视剧《西游记》主题歌里如是说：敢问路在何方？路在脚下。走进抱犊你会这样说：只要走，就有路，无论去哪里。

抱犊，位于陵川县东南60千米处的马武寨乡，是晋城市唯一一个没有通公路的村庄，从古至今走进抱犊都实属不易。正因如此，它引起了许多游客的好奇和向往，我也如此！

一

　　太行深处藏抱犊，
　　独一无二不通路。
　　人烟稀疏少人知，
　　羊肠小道牛止步。

二

人说走进抱犊难,
山高沟深多惊险。
只因山中有抱犊,
一路前行不孤单。

三

天之杰作青纱帐,
悬崖峭壁作屏障。
依山依水依丛林,
如诗如画好风光。

四

云雾蒙蒙绕山涧,
难辨东西和南北。
相隔不过几十米,
只闻其声不见人。

|走出来的风景|

五

一路风景饱眼福,
一路艰险多惊魂。
一路撒欢好风情,
一路刺激人崩溃。

六

进难出难进出难,
上难下难上下难。
只知天下都大同,
哪知尚有这人烟。

七

喜鹊喳喳在树梢,
主人方知有客到。
杀鸡炖菜迎宾客,
热情淳朴好周到。

| 走出来的风景 |

八

红豆树下荧光灯，
谈笑风生话西东。
牡丹花开农家院，
美酒不尽抱犊情。

九

昨夜无雷又无风，
小雨淋淋到天明。
阳光送我进山来，
阴雨留我在山中。

十

八方游客聚抱犊，
有人烧烤有人舞。
昔日此地天人问，
今朝来往不停步。

2019 年 4 月 21 日

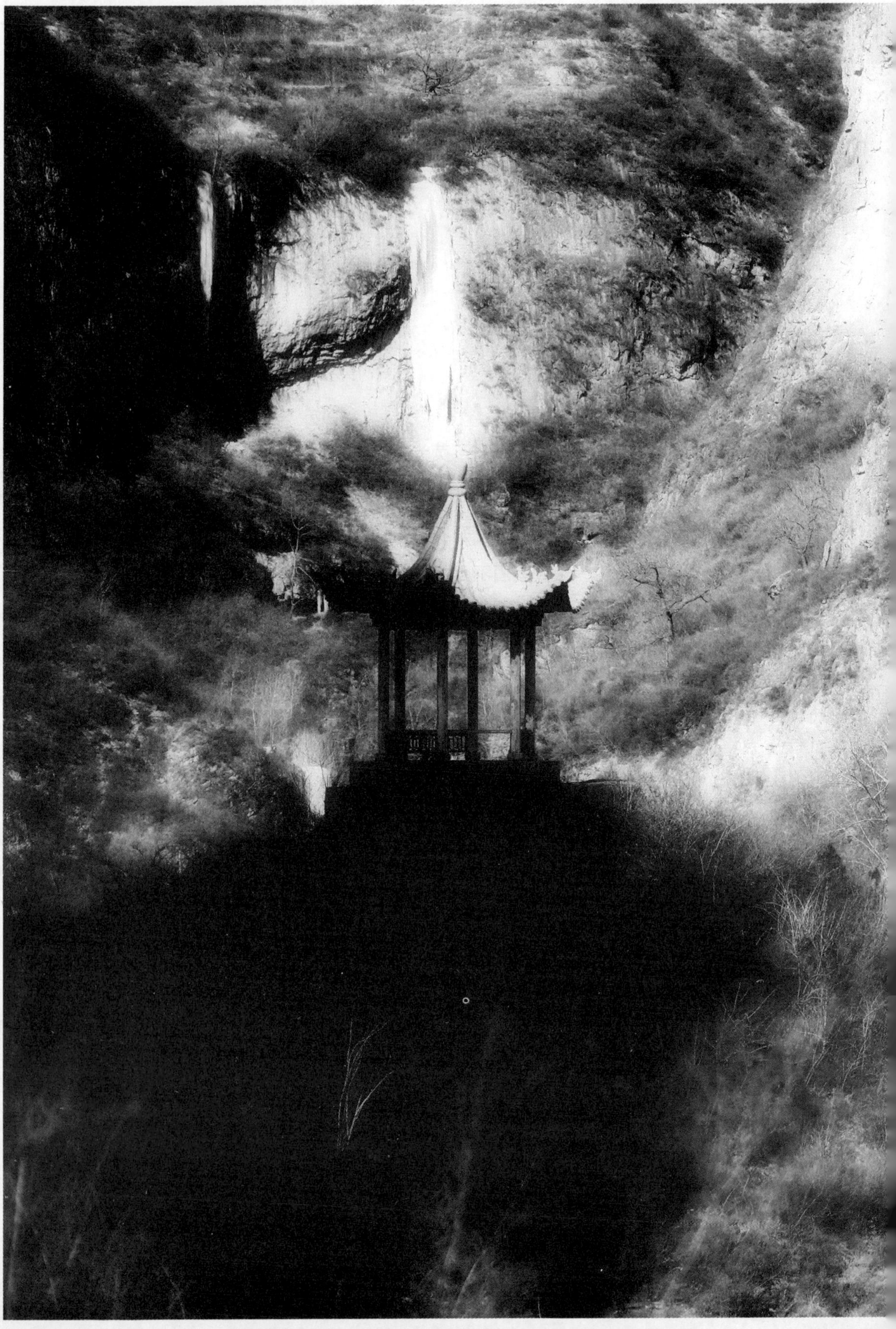

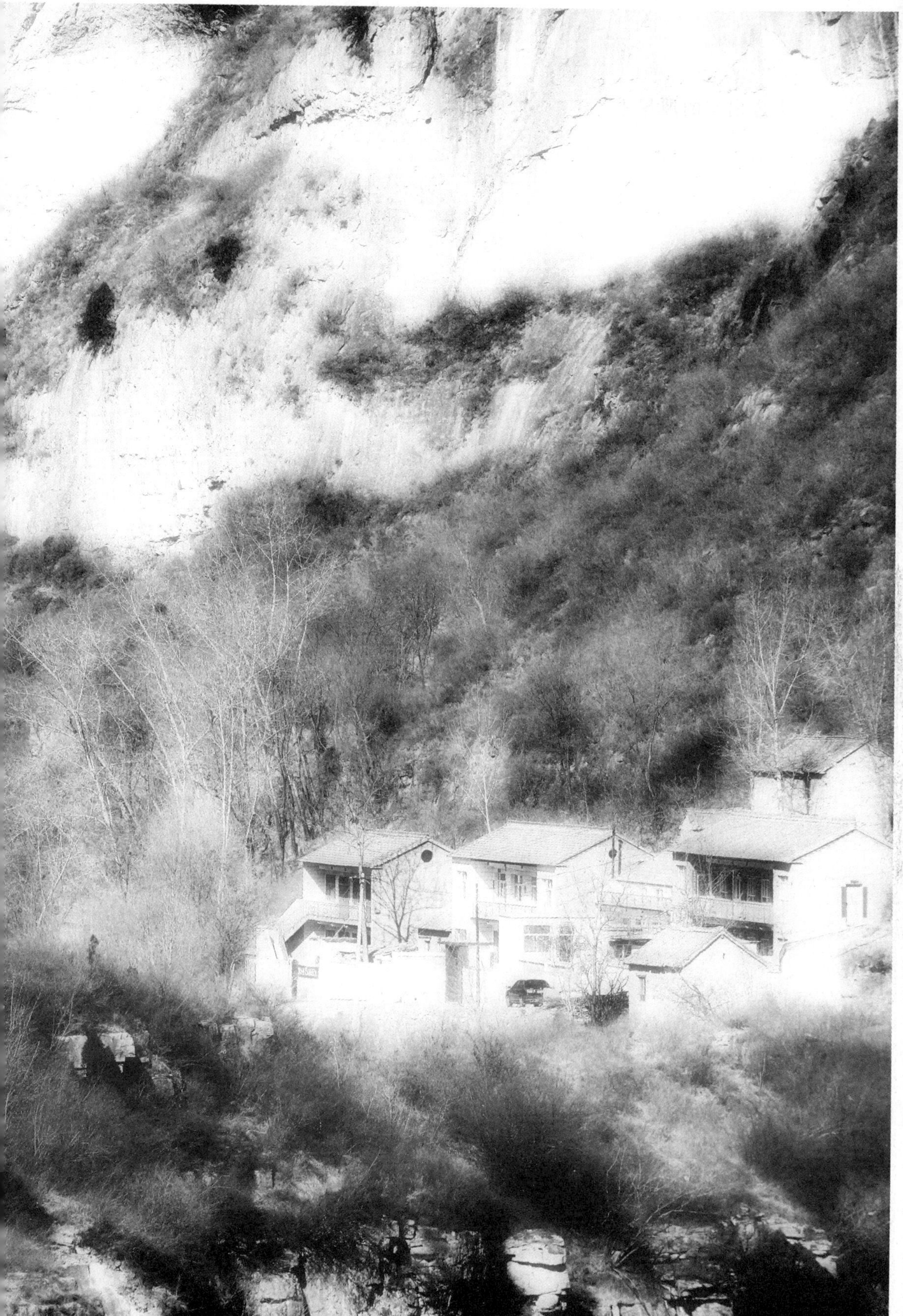

| 走出来的风景 |

再坐绿皮火车

汽笛一声嘶长空,
廉颇老矣仍出征。
心无岁月怀壮志,
甘为行人送一程。
只要老将不退役,
再跑一段夕阳红。

2019 年 4 月 26 日

| 走出来的风景 |

植物园里故事多

北京植物园,位于北京西山脚下,香山腹地,堪称植物王国。园中既有寺庙,又有森林,还有泉水小溪,园中游人见此美景,都会留下许多感慨。

樱桃沟

樱桃沟里遇前辈,
本是洪洞一条根。
相逢何必曾相识,
有缘千里来相会。

水杉树

古柏夹道入仙境,
浓荫清凉涤心情。

| 走出来的风景 |

云雾缭绕步履轻,
尘世杂念俱无影。

桃花园

桃花园里赏桃花,
最是一树两色花。
吾站树旁多思量,
花农无语笑吾傻。

曹公[①] 展室

闲庭信步沿湖走,
花香四溢满眼秀。
河墙烟柳竹径幽,
深隐曹公与红楼。

2019 年 5 月 4 日

---

① 曹公：即曹雪芹。北京植物园中设有曹雪芹纪念馆。

| 走出来的风景 |

忘不掉的乡愁

忘不掉的乡愁,
是门前的那条小河。
村庄在河的东边,
我家在河的西边,
每天踩着搭石摇摇晃晃地走过,
从来没有湿过脚。
那是因为心中有一句秘诀:
"快过搭石慢过河。"
从小在河里戏水玩耍,
抓泥鳅,捉青蛙,游泳,
但最让我害怕的是水里的蛇。

忘不掉的乡愁,
是曾经住过的窑洞。
记不清是十几岁那年,

走出来的风景

发大水把房子冲个精光。
从河西搬到了河东,
寄人篱下去了别人家的窑洞。
夏季满屋子渗水,
冬天满屋子跑风,
晚上老鼠疯狂横行。
不知道是无可奈何,
还是认为人活着就是这样,
从来没有埋怨和诅咒。

忘不掉的乡愁,
是村子里崎岖不平的小路,
对它熟悉到可以闭目行走。
在漆黑的夜晚,
深一脚浅一脚都不会掉沟里头,
有多少个弯多少个台阶,
虽然我无法计数,
但该上该下该拐的时候,
从来没有也不会走错。
现如今却在梦中,

| 走出来的风景 |

常常因找不回家烦愁。

忘不掉的乡愁,
是房前屋后的大山。
俗语说靠山吃山,
依山而生依山而养依山而长,
山里的花草、野菜、药材、树木,
成为赖以生存的天然保障。
特别是那气贯长虹的乔麦山,
成为家乡的名字和
赞美家乡的名片与地标。
以山为伴,与山共存,
也造就了山一样的个性。

忘不掉的乡愁,
是病重的母亲。
在我刚刚九岁那年,
她因过度劳累得了胸膜炎,
缺医少药而成为当时的"癌症",
独生子的我自然成了娘的使唤。

走出来的风景

洗衣做饭熬药无所不干,
在与疾病斗争的九年里,
从未见过她掉过一滴眼泪。
临终前那一声声撕心裂肺的痛喊,
无奈的我只能眼巴巴地看着,
直到她长眠!
她的音容常在我梦中萦回,
而我也常常在梦中哭醒!

乡愁是藤,
乡愁是根,
乡愁永远牵着我的心。
因为那里有我魂牵梦绕的童年!

2019年5月8日

| 走出来的风景 |

| 走出来的风景 |

二访平顺张家凹

万年海底变山峰,
与天同高指苍穹。
顶天立地太行山,
游人举手可摘星。
天作之美绝风景,
天下画师聚写生。
眼中美图诱人醉,
不由手中笔生风。

2019年5月10日

| 走出来的风景 |

珏山上的感慨

　　珏山，位于山西省晋城市区东南13千米处的丹河南岸，风景素以险峻、雄奇而驰名，给我一种"让我一次爱不够"的感觉，所以也就有了如下的感慨。

一

珏山为何这样险，
身在缆车心悚然。
抬头仰望一片天，
俯首万丈不见渊。

二

登珏为何这样难，
曲折陡峭腿发软。

| 走出来的风景 |

明知登山多艰辛，
放弃更比攀登难。

三

珏山为何这样神，
三路仙家守天门。
只敢无语轻脚过，
唯恐惊动天上人。

四

珏山为何这样峻，
一把利剑擎风云。
松柏悬崖万木翠，
太极湖水绕山围。

五

珏山为何这样美，
双峰吐月天下闻。

| 走出来的风景 |

一幅《明月峻山图》,
　倾倒多少游客魂。

2019 年 5 月 23 日

| 走出来的风景 |

江城子·珏山行

　　乙亥初夏游珏山，云轻淡，日灿烂。君子同行，一路忒心欢。相敬相惜举杯盏，畅开怀，饮酒酣。

　　不爱缆车爱徒攀，汗相随，风为伴。人虽花甲，仍是当年汉。珏山之巅一声喊，惊云天，震河山。

2019 年 5 月 25 日

江城子·摄影人

  风餐露宿日月伴,走古村,进深山。风雨无阻,这是为哪般?仙山琼阁等我玩,踏歌行,天地间。

  跋山涉水不畏难,询风云,问雷电。如此痴情,谁人知吾忾?人与山水自由恋,她情愿,吾情愿。

2019年5月26日

| 走出来的风景 |

铭瑜出生记

己亥四月十二日，
北医三院飘彩旗。
钟定九时四十二，
一声婴啼娃落地。
脸蛋嘟嘟红皮肤，
天庭饱满好秀气。
天生一个小天使，
人见人爱皆欢喜。

2019 年 5 月 30 日

| 走出来的风景 |

端午随记（三）

  端午，一个中华民族的传统节日，历史悠久，源远流长，流传着许多传奇故事。它由地方民俗不断发展成一个民族的节日。一只小小的粽子，传承着历史，传播着文化，传送着情谊，使我们的生活变得丰富多彩，有滋有味，有情有义，也充满了诗情画意。在端午节即将到来之际，我也感慨几句，借以表达一下自己的情怀。

以身投江儆后世，
故事虽悲却壮志。
龙舟竞渡追故人，
粽子米酒载传奇。

2019年6月6日

| 走出来的风景 |

走进798艺术中心

798艺术中心，位于北京市朝阳区酒仙桥街道大山子地区，是一处由老厂区改造出来的新地标。我走进这里，它给我一种破、乱、旧、涂的感觉。随着我慢慢游览，它的艺术魅力逐渐显现，原本不懂艺术的我，却被其所感染，于是就有了如下感慨。

艺术天堂受熏陶，
狂野奔放好逍遥。
乱中有序凭尔识，
只有想象最风暴。

乱涂乱画有文化，
乱摆乱放含创造。
有形无形任人瞧，
有意无意太深奥。

走出来的风景

脑洞大开破天荒,
无拘无束笔豪放。
挥毫泼墨展想象,
画出天下好文章。

乱字之中出个性,
旧字之中换思想。
破字之中搞创意,
涂字之中做文章。

2019年6月7日

| 走出来的风景 |

父亲节·追忆父亲

明天就是父亲节了，每到这个节日，我就会有一种愧疚感。

父亲离开我已经整整15个年头了。我始终觉得欠他一份情，那就是为父亲写点什么！可是由于水平有限，凭自己的功力很难准确地表达父亲对我的恩情，体现他在我心中的分量，所以只有心动没有行动。直到今天，我才觉得不能再拖了，不管水平多低，应该了结一下自己的心愿了！否则，这份情债还不知道什么时候才能还上！

父亲是那苦命的人

在我成人之后，
听姨姨跟我讲，
父亲是个苦命的人。
五岁失去母爱，
十五岁失去父爱，
为西家放牛干活，

| 走出来的风景 |

吃东家饭自养长大,
为他人打工忙生存,
推小车走南闯北,
一段历史的创伤,
永远深藏在他的心间。
后来我才懂得,
之所以始终没有告诉我,
是因为那是一段心酸的岁月,
他不想把自己的苦难,
带进我的心灵和生活。
好不容易等到该享清福的时候,
又拂袖而去,
撒手人寰。

父亲是那拉车的牛

从我记事起,
父亲就是一个勤俭持家的人。
白天出工搞生产,
一个工分四五毛钱,

| 走出来的风景 |

久病在床的母亲需要照顾，
尚未成年的我需要抚养，
入不敷出的家庭，
很难想象出怎样的一日三餐，
度日如年的岁月是多么漫长。
再苦再累他自己忍着，
再艰再难他自己扛着，
再穷再困他自己撑着，
一辆沉重的家庭小车，
从天黑一直推到天亮，
从坡下一直推到坡上，
从来没有听他有过半句怨言。
从他的身上我学到了，
男子有泪不轻弹的刚强。

父亲是那登天的梯

如果说我是一个攀登者，
父亲就是那登高的梯。
在我很小的时候，

| 走出来的风景 |

父亲就教我识字算术，
给我讲做人的道理，
给我讲文化人的故事。
在那穷困潦倒的年代，
父亲坚持让我上学读书，
他把未来的希望寄予我辈。
在那个知识无用论盛行的时期，
父亲曾坚定地告诉我，
知识迟早会有用的。
奋斗千百度，
蓦然回首才醒悟，
我的登高望远，
得益于父亲的启蒙，
得益于父亲的教诲。
父亲是我登高的基石，
父亲是我登高的云梯。

父亲是那育人的师

父亲虽未读过多少书，
却知书达理；

| 走出来的风景 |

父亲虽未当过先生,
却深谙育人的道理。
在我遇到挫折的时候,
给我克服困难的勇气;
在我跌倒了的时候,
鼓励我自己爬起;
在我得意的时候,
让我保持冷静谦虚。
从来没有打我骂我,
也从来没有娇我惯我。
在我做错事的时候,
他会说下次注意;
在我和别人吵架的时候,
他会说先检讨自己。
没有一句大道理的熏陶,
却渗透着深刻的教育哲理。

父亲,一个伟大的称呼!

您用坚强的意志顶天立地,
您用朴素的言语给我启迪,

| 走出来的风景 |

　　您用宽阔的臂膀把我扛起，
　　您用父亲的责任履行天职，
　　孩儿，永远怀念您！

2019 年 6 月 15 日

追光

太阳公公还未起床,
我就到山脚下听窗,
肚子和面包隔皮相望,
只为初露山头的那一缕阳光。
温柔的晨曦不声不响,
悄悄地洒向沉睡的山庄,
水渠两岸的垂柳,
呈现透亮与金黄,
柳荫下的伊人,
如童话般的故事,
出现在我的视窗。
光与影的完美融合,
才是摄影人追求的理想。

2019年6月17日

| 走出来的风景 |

寻访发鸠山花絮

应我的学生之约，前往长子县发鸠山寻古。由于一路上活动多，走到半山已到中午，所以决定返程。虽有遗憾，却有轶事。

问农

烈日炎炎地无墒，
久旱无雨禾苗殃。
山中老农田头坐，
期盼上苍把闸放。

进山

灌木荫荫沟幽深，
石板小路铺山间。
壁虎出没本无规，
彩蝶飞舞乱花眼。

| 走出来的风景 |

山果

发鸠山下硕果丰，
左手毛桃右手杏。
才摘桑葚染手紫，
又见野生樱桃红。

土屋

车到山前已无路，
忽见坡上有土屋。
徒步叩门问一二，
墙倒屋塌无人住。

2019年6月18日

| 走出来的风景 |

再聚首

昔日同窗后同行[①],
四十六载各沧桑。
今朝相聚在上党,
牵牛山下话短长。
乡音未改情依旧,
面若窗花鬓挂霜。
夏日炎炎芦草黄,
湖风送我微微凉。

2019年6月23日

---

① 行：读音 háng。

小考卧龙潭

卧龙湾山庄,位于高平市东北20千米处,与长治市上党区南宋乡相邻,西北有炎帝陵,东邻宋代始建开化寺,是一个风光秀丽、依山傍水、休闲养生的好去处。在朋友的引领下,我们进行了一次走马观花的小考,印象美好,随写几个片段以记之。

鱼翔浅底

放生池中放生鱼,
五彩斑斓浅水里。
岸上渔人一把饵,
群鱼蜂拥争第一。

| 走出来的风景 |

垂钓人

一盘鱼饵一桶粮，
打窝撑杆坐湖旁。
两耳不闻岸上事，
只待鱼儿把钩上。

养心湖

漫步湖边心怡然，
竹林静谧鸟做伴。
水中鲤鱼跃龙门，
碧波荡漾湖光灿。

一叶扁舟

一湖碧水映蓝天，
白鹭展翅穿浮云。
小船悠悠湖中荡，
姑娘翩然摇橹人。

一杆老枪

一杆老枪入眼亮，
锈迹斑斑不寻常。
可想当年战沙场，
杀遍天下无人挡。

2019 年 6 月 25 日

| 走出来的风景 |

拍抖音的女人

朝阳初上,
蓝天高,
学院溢芬芳;
乐声悠扬,
何处唱,
思想者广场。

红衣素裙,
好时尚,
为拍抖音忙;
激情四射,
独人舞,
伊人精神爽。

走出来的风景

身随律动，
燕展翅，
旋转快如风；
脚步轻盈，
蝶飞舞，
如戏花丛中。

2019 年 6 月 30 日

| 走出来的风景 |

| 走出来的风景 |

| 走出来的风景 |

八泉水潺潺

八泉峡，是我家门口的景区，可我从来没有进去玩过。最近有幸和朋友一起游访，才知道八泉峡的来历，且感受了它的魅力，特别是被八泉水的神奇和壮美所折服！

峡谷筑坝出平湖，
游轮破镜吐浪花。
壁立千仞一线天，
人在画中不思家。

峡谷幽静不知深，
栈道曲径不知远。
小桥飞越不知虹，
泉水叮咚不知源。

走出来的风景

八泉喷水雾气腾,
桑蚕吐丝织锦绣。
飞流击水浪花溅,
苔藓摇曳频点头。

滴水成丝淋草丛,
黄鹂戏飞抖羽绒。
落叶随波东流去,
一帘幽梦留山中。

2019 年 7 月 10 日

| 走出来的风景 |

没有痛苦的折磨——重复

重复,一个很平常的概念!
却有着非同寻常的意义。
我们每天都在重复中度过,
却很少关注重复的影响,
万事万物在重复中诞生与消亡,
让所有的所有成为时光的过往。

重复,一个很简单的反复!
却具有无坚不摧的宇宙法力。
一种没有痛苦的折磨,
一种没有攻击的杀伤,
一种看不见的隐形力量,
让事物在不知不觉中慢性自杀。
任何强大在重复面前,
都显得渺小、软弱、无能和无奈。

| 走出来的风景 |

重复,一种无休止的运动!
无极限、无计量、无始终,
不可逾越,不可回避,
不可抗拒,不可选择,
不可商量,不可讨价,
不以人的意志为转移。
面对这样的隐形杀手,
我们只能被一天天地重复掉。

一年四季春夏秋冬的重复,
一日三餐锅碗瓢盆的重复,
日出日落月缺月圆的重复,
让你年轮增多,
让你须发变白,
让你耳聋眼花。
重复掉你的容颜,
重复掉你的美丽,
重复掉你的青春,
重复掉你的活力,
重复掉你的激情,

走出来的风景

重复掉你的脾气，
　重复掉你的意志，
　重复掉你的刚性，
重复掉曾经的海誓山盟，
重复掉曾经的意志坚定。

每天都在自觉不自觉中，
　重复着昨天的故事；
每天都在情愿不情愿中，
　重复着前人的脚步。
　或在重复中陶醉，
　或在重复中沉睡，
　或在重复中抑郁，
　或在重复中觉醒。
　重复是生存的循环，
　重复是生存的过程。
我每天醒来常喜欢说一句话：
　今日我尚存，唱好今日歌。

2019 年 7 月 24 日

| 走出来的风景 |

向日葵的微笑

风吹雨打情未改，
坚守初心向阳开。
缄默无语花绽放，
只为心中那份爱。

日出日落花相随，
一生向阳终不悔。
弯腰驼背死方休，
只为天上那个神。

满面金黄绿军装，
气宇轩昂向太阳。
问天借得一束光，
还天一身正能量。

| 走出来的风景 |

太阳是神吾是葵，
愿与太阳比光辉。
微笑拥抱每一天，
一路向着太阳奔。

2019 年 7 月 24 日

| 走出来的风景 |

艺海拾贝

应网络函邀,在同学的陪同下,我参观了壶关县政府主办的"太行陶"国际陶瓷艺术节活动,深受启发。特别是带外孙去现场参观学习,了解陶瓷制作的流程、工艺,以及文化,意义非凡。这是一次家门口的国际盛宴,机不可失!

天下陶师聚太行,
艺海献技露锋芒。
身怀绝活手不凡,
敢问黄土姓张王。

黄土地上黄土人,
黄土养育黄土亲。
黄土儿女多智慧,
黄土泥中陶黄金。

走出来的风景

一把黄土情意长，
一把黄泥绣花样。
一把汗水洒热土，
一把巧手出诗章。

大国工匠在太行，
家有梧桐引凤凰。
谁说玩泥是儿档，
巧手捏出大文章。

2019 年 8 月 17 日

| 走出来的风景 |

摇篮轻轻入梦中

小外孙女钧钧出生一百天了。欣喜之余,不由自主想为她写上几句,以表祝贺。同时,也为外孙昕昕在长治度假期满准备回京上学而高兴!

一声啼哭娃落地,
千金匆匆报新喜。
脸蛋嘟嘟红皮肤,
天生一个小天使。

咿咿呀呀初试声,
手舞足蹈做运动。
吟咏童谣歌一曲,
摇篮轻轻入梦中。

｜走出来的风景｜

哥哥看书我看书，
哥哥弹琴我弹琴。
哥哥是兄我是妹，
我是哥哥小跟班。

为孙疼痛没眼泪，
为孙忙碌没怨言。
我给孙孙一分爱，
孙孙还我乐无限。

2019 年 8 月 24 日

| 走出来的风景 |

沉痛悼念舅父大人千古

秋风萧瑟,万木趋黄,物无光华,树叶凋零。在这个令人伤感的季节,亲爱的舅父因病医治无效,于2019年8月30日12时15分与世长辞。长歌当哭,怀着无比悲痛的心情,挥泪书写长歌一曲,以表哀悼之情,慰藉舅父在天之灵。

一九三七某月生,
为国为家度峥嵘。
八十春秋沐风雨,
功德圆满善其终。

祖籍河南安阳城,
父辈逃荒进山中。
烽火连年多游居,
饥寒交迫宿窑洞。

| 走出来的风景 |

出身贫寒天作证,
少年离父人未成。
穷人孩子早当家,
为有生计走西东。

继承先辈当厨工,
勤奋好学艺求精。
走南闯北靠本领,
十里八乡扬其名。

爱岗敬业当标兵,
比武打擂夺头功。
光宗耀祖显其能,
厨艺精湛技出众。

勤俭持家有思想,
艰苦创业敢担当。
养儿育女家兴旺,
四世同堂福禄祥。

| 走出来的风景 |

退休之年心不退，
回归故里再打拼。
十年风霜牧羊路，
风餐露宿多艰辛。

积劳成疾病膏肓，
身卧病床话沧桑。
医术不敌夺命神，
回天无力人失望。

夕阳西下入地平，
晚霞映照满天红。
日月轮回天注定，
待得来日再东升。
　　呜呼哀哉！

2019年8月24日

| 走出来的风景 |

大阳古镇印象

　　大阳古镇，位于晋城市西北20千米处的泽州县大阳镇具有2600多年的历史和深厚的文化积淀。我一共去了三次，每次去都有新鲜的感受。2019年的中秋节，我就是在大阳度过的，那里的文化给我留下了深刻的印象。

人文化

唐宋金元段家兴，
人才辈出居朝中。
明清两代更鼎盛，
进士举人数不穷。

| 走出来的风景 |

铁文化

古法制铁雄天下,
九州针都传万家。
传统工艺藏技法,
千年不断打铁花。

家文化

大阳大院千百宅,
张家祖宅尤为帅。
三进院落好气派,
规划居高筑精彩。

庙文化

汤帝庙宇建宋代,
国之瑰宝举世开。
吴神庙宇来龙地,
龙树年久逾八百。

| 走出来的风景 |

食文化

传统手工大麻花，
精美杂粮烤锅巴。
面蒸馒头千样花，
一碗馔面汉宫夸。

塔文化

明朝万历天柱塔，
九层八面密檐阔。
仰望高耸入云端，
历史悠久有传说。

乐文化

礼乐之乡舞独创，
曹植有诗比洛阳。
汉朝皇后赵飞燕，
阳阿奇舞出太行。

2019年9月14日

秋意浓浓

四季在不经意间交错。
因为春夏的忙碌，
忘记了时光的流逝，
不知不觉就走进了浅秋，
真有一点"一夜入秋"的感觉。
静靠在秋天的座椅上，
安然享受大自然的秋色，
确有几分惬意。

这是一个成熟的季节，
红的、黄的、绿的……
五彩斑斓美不胜收。
陶醉在这如诗如画的风景中，
心情满满秋韵浓浓。

| 走出来的风景 |

正如毛主席《七律·答友人》
中所写的:
"我欲因之梦寥廓,
芙蓉国里尽朝晖。"

这是一个收获的季节,
所有的耕耘都化作硕果。
压弯了的枝条,
承载着丰收的喜悦,
等待着秋的采撷。
放下收获如释重负,
反弹的枝条随风摇曳,
呈现无比的豪放和洒脱。

这是一个浪漫的季节。
悠悠的秋语向你诉说,
柔情的落叶舞出秋的诗歌,
品嚼秋的淡然与潇洒,
把人生的复杂看轻看薄。
轻步走进秋天的镜头,

| 走出来的风景 |

倾听秋虫的弹唱，

忘记了曾经的旅途奔波，

我想和秋的季节在一起共斟共酌！

2019 年 9 月 20 日

| 走出来的风景 |

| 走出来的风景 |